Canaille et Blagapar

Trafic, 1989
L'Ours de Val-David, 1990
Blues 1946, 1991
Otish, 1992
Roux le fou, 1993
La Sonate d'Oka, 1994

Gérald Gagnon

Canaille et Blagapar

Boréal

Les Éditions du Boréal sont inscrites au Programme de subvention globale
du Conseil des Arts du Canada et reçoivent l'appui de la SODEC.

Maquette de la couverture : Gianni Caccia
Illustrations : Gérard

© Les Éditions du Boréal
Dépôt légal : 4ᵉ trimestre 1995
Bibliothèque nationale du Québec

Diffusion au Canada : Dimedia
Distribution et diffusion en Europe : Les Éditions du Seuil

Données de catalogage avant publication (Canada)
Gagnon, Gérald, 1933-
    Canaille et Blagapar
    (Boréal junior ; 42)
    Pour les jeunes de 10 à 12 ans.
    ISBN 2-89052-728-X
    I. Dubois, Gérard, 1968-   . II. Titre. III. Collection.
PS8563.A324C36 1995 jC843' .54 C95-941362-6
PS9563.A324C36 1995
PZ23.G33Ca   1995

À Berthe et Robert Chabot
et à Robert Décary
en souvenir
d'une belle aventure en Minganie.

Côte Nord

HAVRE-SAINT-PIERRE

Île de Cha...

MINGAN

Île du Havre

Île Nue

Île de la Maison

Détroit

Antic

Légende:

△: Île   □: Cap   *: Ville

Baie-Johan-Beetz

Jacques-Cartier

Baie de
Caplan

Pointe de
Carleton

Baie de Beacon
Baie de l'Ours
Cap à l'Ours
Baie de la Tour

Pointe Easton

sti

○: Pointe   ☆: Baie

1

UN TACOT
MAUVE

Nous sommes en pleine saison des va-
cances, le premier août pour être précis.
Quelque part sur la Côte-Nord, une Renault V
mauve à fleurs jaunes âgée de dix-sept ans se
traîne en direction de Havre-Saint-Pierre.
Mais si la voiture est en piètre condition, son
chauffeur, lui, est en pleine forme. Il se nomme
Benoît Constant et a l'âge de sa bagnole.

Benoît n'est pas seul à bord. La preuve : une
demoiselle assise sur le siège arrière au milieu
d'une montagne de bagages s'adresse à l'instant à un colosse installé à côté du chauffeur.

– Prosper, je t'en prie, avance encore un
peu le siège.

– Impossible, ma vieille. Nul ne peut
enlever un centimètre à sa taille.

Mirambole soupire tandis que Prosper
reporte son attention sur le paysage. Il a seize
ans et est d'origine haïtienne.

Celle qui vient de se plaindre se nomme

Mireille Frémont, mais ses copains préfèrent l'appeler Mirambole. Elle aussi a seize ans. Originaire de France, elle est arrivée au Québec il y a trois ans à bord d'un petit voilier que commandait son père. Pour l'heure, elle essaie de déplacer un gros sac à dos dont la ferrure lui laboure les côtes. Ce faisant, elle lance à l'intention du chauffeur :

– Arrêtons-nous au moins quelques minutes.

– Nous en profiterons pour manger, ajoute Prosper. J'ai un petit creux.

Obéissant, Benoît engage la voiture dans le parking d'un restaurant surgi juste au bon moment.

• • •

On a commandé du poulet et des côtes levées. En les attendant, les copains parlent de Thanh Nguyen, le superbollé de la bande. C'est lui qui les a invités à Havre-Saint-Pierre. Il y passe l'été avec ses parents adoptifs, Ernest et Clémentine Piuze.

– Il ne connaît personne là-bas; il s'ennuie, dit Benoît qui a reçu l'appel de Thanh.

– T'a-t-il décrit le voilier de monsieur Piuze? demande Mirambole.

– On n'a pas parlé longtemps, vu le coût

de l'inter. Le *Blagapar* mesure dix mètres et des poussières.

– Le quoi? s'exclame Prosper.

– Le *Blagapar*. C'est le nom du bateau.

Mais voilà que l'attention de Prosper est maintenant concentrée sur les côtes levées que la serveuse vient de déposer devant lui.

– Ne mangez que la chair, lui dit cette dernière à la blague, je garde les os pour Discret.

– Discret, c'est votre petit ami?

– Non. C'est le chien de papa. Figurez-vous qu'il n'aboie jamais.

– Votre papa ne jappe pas?!

– Non! Je parle du chien. Mon père l'a trouvé sur la grève, en fort mauvais état. À mon avis, il a fui un bateau où on le mal-traitait. C'est un animal curieux : il s'amuse à rabattre des chevreuils dans notre cour.

– Vous plaisantez!

– Je parle sérieusement. Trois, la semaine dernière. Oh! excusez-moi, on me demande à la cuisine. Vous n'oublierez pas de laisser les os.

La serveuse partie, les copains s'esclaffent.

– Mon pauvre Prosper, en voilà une qui aura réussi à te mener en bateau avant même notre arrivée chez monsieur Piuze, dit Benoît.

Puis, s'adressant à tous :

– Mangeons vite. Nous avons encore plus de trois cents kilomètres à parcourir.

C'est ce qu'ils feront, de sorte qu'ils arriveront à Havre-Saint-Pierre le soir même, bien après le coucher du soleil cependant. Aussi n'auront-ils pas vu le chenil devant lequel sera passée la Renault. Ils n'auront rien entendu non plus, puisque les grands chiens rouges qui l'occupent n'aboient jamais.

2 UN CAPITAINE FLAMBANT NEUF

LA MAISON LOUÉE par Ernest Piuze ne peut accueillir tous les copains. Seule Mirambole y réside. Les garçons logent dans un ancien entrepôt aménagé en loft. Le coin cuisine laisse à désirer, la douche ne crache que de l'eau froide, on couche par terre, mais l'endroit est vaste, bien éclairé et ouvre sur la mer.

Les copains ont pris place autour d'une petite table. Ils discutent de la grande aventure de la veille, leur première sortie en mer. Ils ont vu une baleine; Prosper en parle depuis plusieurs minutes.

– Elle aurait pu avaler le *Blagapar,* mes vieux.

Thanh l'interrompt.

– Tu exagères. C'était un rorqual à bosse, un nain à côté du grand rorqual bleu. Mirambole en a certainement aperçu dans l'Atlantique Sud. N'est-ce pas, Mirambole?

Cette dernière ne répond pas. Elle semble

captivée par une mouche qui déambule entre ses deux mains posées à plat sur le table. Thanh se fait insistant.

– Mirambole! À quoi rêves-tu?

– Excusez-moi. Je pensais à la *Canaille*.

La *Canaille* est une vieille goélette d'une vingtaine de mètres. Hier, elle a coupé la route au *Blagapar*, de si près qu'elle l'a dévanté. Ernest Piuze s'est juré de passer un savon à son capitaine.

Malheureusement, personne n'a pu le renseigner sur le port d'attache de la goélette. «Depuis quelque temps, elle fréquente la baie de l'Ours, à l'île d'Anticosti, lui a dit un pêcheur. Elle y prend des caisses qu'elle emmène je ne sais où.»

«Trafic de drogue?» s'est demandé monsieur Piuze. Et il a fait part de ses doutes aux copains.

– Une vraie honte, poursuit Mirambole. Jamais je n'ai vu un bateau si mal entretenu. L'abandon total: peinture écaillée, rouille, un fouillis sur le pont. Sa coque doit être à moitié pourrie.

Mirambole s'interrompt, car on vient de frapper à la porte du loft. Benoît va ouvrir. Apparaît Ernest Piuze en grande tenue de pêcheur.

– Excusez. Je viens vous annoncer que

vous ne me verrez pas de dix jours. Mon ami, un Montagnais, Madore Kurtness, m'invite à pêcher le saumon sur la rivière Romaine.

– Et le *Blagapar* ? demande Thanh.

– Il est bien amarré dans une rade tranquille. Il se reposera.

– Et nous ?

Ernest Piuze remarque la mine déconfite des copains. Il leur a promis des aventures à leur couper le souffle et voilà qu'il les condamne à demeurer à terre dans une petite ville où ils ne connaissent personne. Pas question cependant qu'il renonce à son excursion de pêche. Il les fixe à tour de rôle.

– Saurais-tu manœuvrer le *Blagapar*, Mirambole ?

– Bien sûr. Il est gréé comme le voilier de papa et bien plus docile. Il remonte mieux au vent aussi. Pendant notre traversée de l'Atlantique, j'ai barré les deux tiers du temps. Mon père aime dormir.

– Bien répondu ! Je te nomme capitaine. Amusez-vous bien dans l'archipel, mais n'allez pas jusqu'à Terre-Neuve. Bonne voile !

Nos amis mettent un certain temps à se rendre compte de leur bonheur. Enfin, ils sortent en coup de vent et atteignent le port en moins de temps qu'il n'en faut pour l'écrire.

3 DRÔLE DE VENT

L ES COPAINS ONT QUITTÉ Havre-Saint-Pierre de bon matin. Au programme : l'exploration de l'archipel de Mingan avec en prime, si le temps le permet, la traversée du détroit de Jacques-Cartier jusqu'à Anticosti.

Au moment du départ, Prosper s'est inquiété.

– Est-ce suffisant ? a-t-il demandé en glissant le dernier sac de victuailles dans la petite soute aménagée sous le pont avant.

– Que monsieur Prosper Baptiste se rassure, a répliqué Thanh. Le docteur Nguyen connaît son appétit. En conséquence, il a acheté de quoi nourrir l'équipage d'un porte-avions. Et il n'a pas oublié le saucisson. Long et gros comme ton bras, mon cher.

– Nous avons de quoi le faire passer, a ajouté Benoît en brandissant une bouteille de mousseux.

– Propriété du capitaine, a alors déclaré

Mirambole en s'en emparant. Il ne sera donné permission à l'équipage de le boire qu'une fois à terre et le *Blagapar* à l'abri dans un mouillage sûr.

Quelques minutes plus tard, Benoît et Prosper larguaient les amarres. Propulsé par son moteur, le voilier s'est lentement éloigné du quai. Malgré l'impatience de ses copains, Mirambole n'a commandé de hisser les voiles qu'une fois le *Blagapar* bien au large du port. «À marins verts, prudence élémentaire,» s'était-elle dit.

Mais les matelots ont vite et bien appris. Aussi, est-ce sans inquiétude que le capitaine a piloté son bateau, toutes voiles hissées, jusqu'au havre de Mingan, puis mis le cap sur l'île Nue. Celle-ci en vue, chacun prend son poste pour le changement de cap à venir.

– Parés à virer?
– Parés!
– Envoyez!
– Attention! Attention à la bôme!

Prosper se penche juste au moment où la longue pièce de bois, entraînée par la grand-voile, passe à toute allure d'un bord à l'autre du pont du *Blagapar*. Mirambole n'a pas du tout apprécié. Elle est sur le point de réprimander son copain lorsqu'un cri détourne son attention.

– Un navire en vue par le travers tribord!
hurle Thanh.

Benoît plaque les jumelles sur ses yeux.

– C'est une goélette. Attendez... Mais c'est
la *Canaille*.

Ses grandes mains placées en porte-voix
autour de sa bouche, Prosper crie à Mirambole :

– Capitaine, sus aux pirates!

Mirambole pousse un peu la barre à gauche et l'équipage raidit les voiles. Le *Blagapar*
vogue maintenant environ un mille marin derrière la *Canaille*. Mais son étrave a beau fendre
l'eau avec fougue et l'écume inonder le pont,
la goélette prend ses distances.

– Elle va passer à droite de l'île Nue, crie
Benoît, les yeux toujours rivés à ses jumelles.

– Alors nous passerons à gauche, lance
Mirambole. Parés à virer?

– Mais...

– Obéissez! Je vous expliquerai plus tard.
Parés à virer?

– Oui, mon capitaine, clament-ils d'une
seule voix.

– Envoyez!

Prosper ayant cette fois-ci bien exécuté la
manœuvre, la bôme passe un bon pied au-
dessus de sa tête. Le *Blagapar*, les voiles gon-

flées, longe maintenant la rive est de l'île Nue alors que la *Canaille,* invisible, avance le long de la rive opposée.

Mirambole consent enfin à expliquer sa décision.

– Le vent perd de la vitesse lorsqu'il contourne un obstacle par sa droite. Par contre, il en gagne lorsqu'il passe à sa gauche.

– Pourquoi? demande Benoît.

– Je l'ignore. La rotation de la Terre y est peut-être pour quelque chose.

– Le vent ne me semble pas souffler plus fort que tout à l'heure, réplique Benoît.

– Mais si, de façon appréciable même. Si tu le sens à peine, c'est que le *Blagapar* le reçoit par son arrière. Nous avançons donc dans la même direction que le vent, ce qui annule pour ainsi dire son effet sur le pont. Regarde la côte de l'île plutôt. Vois à quelle allure elle défile.

– Mes vieux! lance Prosper. Préparez-vous à l'abordage! Nous allons enfin mettre la main sur ces pirates. Dommage qu'on ait confisqué le vin, nous aurions bu à notre triomphe.

L'île Nue s'étire sur moins de trois kilomètres. La goélette devrait apparaître maintenant.

– La voilà! hurle Thanh tandis que le *Blagapar* vient de doubler la pointe de l'île.

– Où? demandent les autres d'une seule voix, le regard dardé sur l'avant.

– À l'arrière. Elle n'avance plus.

La *Canaille* est bien là, à quelques encablures de l'île Nue. Plus au large mouille un cargo. Entre celui-ci et la goélette, un Zodiac fait la navette. Il transporte des caisses. À l'avant du Zodiac se tient un grand chien rouge. Il semble aboyer en direction du *Blagapar* mais, bien que le vent vienne de là, les copains n'entendent rien.

4 DRÔLE DE PHOQUE

A FIN DE NE PAS ALERTER les équipages de la *Canaille* et du cargo, le *Blagapar* a innocemment filé vers l'ouest. Mais les copains sont curieux et cherchent un endroit d'où ils pourront observer discrètement les opérations. « Où jeter l'ancre ? » se demande Mirambole.

L'appétit de Prosper va l'aider à prendre une décision.

– Mes vieux, j'ai un petit creux. Que diriez-vous d'une escale nourricière avec vue sur la mer ?

On est au large de l'îlet de la Maison, il y a là un bon mouillage. « Pourquoi pas ? » se dit Mirambole. Ce site offre une bonne vue sur l'île Nue.

À peine débarqué, Prosper se dissimule derrière un gros rocher et scrute les deux bâtiments à la jumelle. Il restera là jusqu'au départ du cargo en direction de Québec et de

Montréal. Malheureusement, son observation ne lui apprendra rien sur le contenu des caisses.

Un peu plus tard, la *Canaille* quitte aussi son mouillage et poursuit sa course le long de la rive ouest de l'île Nue.

N'ayant plus rien à observer, Prosper se souvient qu'il a faim.

– Qui sera de corvée pour la popote? demande-t-il.

Thanh aime bien cuisiner. Il se porte volontaire. Penché sur un réchaud à naphte, il sera bientôt le seul à s'affairer. Couchés sur le dos, un brin d'herbe entre les dents, ses copains rêvassent. Ils contempleraient les nuages s'il y en avait.

– À la soupe! crie soudain Thanh.

· · ·

Les marins alanguis ont englouti les raviolis aux pétoncles du chef en moins de temps qu'il n'en faut pour le dire. Ils font maintenant la vaisselle.

– Dommage qu'on n'ait pas relevé le cap de la goélette après qu'elle a doublé l'île Nue, dit Benoît. Nous connaîtrions sa destination.

– Nous ignorons son itinéraire actuel, rétorque Thanh, mais nous savons dans quel coin elle a l'habitude de se tenir. Rappelez-vous ce qu'on a dit au port.

– On l'a vue effectuer des chargements louches dans la baie de l'Ours, ajoute Mirambole. C'est à Anticosti. Pourquoi ne pas y aller?

On discute... on tombe d'accord.

– Qu'attendons-nous pour lever l'ancre? demande Prosper.

Le capitaine tempère son ardeur.

– Nous appareillerons à l'aube. Anticosti, c'est loin. Pas question de croiser dans ses parages une fois la nuit tombée. Le coin ne manquant pas d'épaves, nous n'y ajouterons pas celle du *Blagapar*. L'équipage a congé jusqu'à demain.

· · ·

L'îlet de la Maison n'est long que de quelques centaines de pas. Les copains en ont donc vite fait le tour. À présent, chacun se repose en attendant le souper que Thanh ne servira pas avant trois longues heures.

Décontracté, Prosper contemple la mer. Depuis quelques minutes, il fixe un petit point noir qui semble avancer vers l'île. «Un phoque probablement», se dit-il. Pour mieux l'obser-

ver, il emprunte les jumelles de Thanh, regarde
et s'écrie :

– Mes vieux ! Un homme à la mer !

Sans perdre une seconde, il se jette à l'eau
et nage vigoureusement vers l'individu en
péril.

• • •

L'homme, qui fait des efforts surhumains
pour gagner la terre ferme avant que l'hypo-
thermie n'ait raison de sa résistance, a déserté
le cargo un peu après l'escale de l'île Nue.
Profitant d'un moment où il était seul sur le
pont, il a plongé dans l'eau glacée. « Plutôt ris-
quer ma vie, s'était-il dit, que d'être complice. » Car il connaissait maintenant les activités criminelles du capitaine et de ses aco-
lytes, les officiers de bord. Il craignait aussi
qu'on ne se soit rendu compte qu'il avait dé-
couvert le pot aux roses.

Il aurait alors probablement subi le même
sort que son ami Miguel, disparu mystérieu-
sement le mois dernier dans les parages de la
pointe est d'Anticosti. Miguel étant un Salva-
dorien, clandestin, sans papier ni protection
syndicale, on n'avait pas jugé bon de signaler
sa disparition aux autorités. « Il a déserté »,

avait dit le capitaine à l'équipage qui s'inquié-
tait de ne plus le voir. «Plutôt expédié vers un
monde meilleur», avait pensé l'ami de Miguel.

Mais la température glaciale de l'eau l'a
épuisé.

Il tente désespérément d'atteindre la terre,
cette planche de salut sur laquelle il prendra
pied s'il peut résister à son intense désir de
s'abandonner. «Mais où est-elle donc, cette
île?» se demande-t-il. Car tout est noir maintenant autour de lui... et il perd connaissance.

Heureusement, Prosper arrive, se place
sous lui, le tourne sur le dos et glisse ses bras
sous les siens. Puis, lui maintenant la tête à la
surface, il le remorque vers la rive à grands
coups de ciseaux de ses jambes longues et
musclées.

Une fois le rescapé sur la grève, Mirambole
se penche sur lui. Il semble revenir à la vie...
pour s'évanouir de nouveau au bout de quelques secondes.

– Est-il mort? demande Thanh.

– Non. Il respire. Il va s'en tirer. Tu es ar-
rivé à temps, Prosper. Mais il a dû nager longtemps. Regardez : ses lèvres sont bleues. Il faut
vite le réchauffer et le conduire à une clinique.

• • •

Malgré les soins prodigués par Mirambole, l'homme n'aura pas encore repris connaissance lorsque le *Blagapar* accostera au quai de Mingan.

Il sera cependant reconnu.

– Mais c'est Pierre Kurtness, le fils de Madore! s'écrie l'un des curieux qui, du quai, ont vu Prosper sortir de la cabine du voilier, un homme dans ses bras.

• • •

À présent, Pierre Kurtness se trouve à la clinique de Havre-Saint-Pierre. Il est hors de danger et devrait se rétablir en quelques heures. C'est donc rassurés que les copains sont remontés à bord du *Blagapar*. Et si les garçons dorment déjà, c'est que, voyez-vous, Mirambole a toujours l'intention de lever l'ancre à l'aube.

5 DRÔLE DE TEMPS

Plus de quatre-vingts milles marins séparent le port de Mingan de la baie de l'Ours, sur la rive nord d'Anticosti. «Comme il n'est pas question de naviguer de nuit, il est plus sûr de prévoir une traversée en deux étapes», se dit Mirambole. Allongée sur la couchette tribord, elle réfléchit dans l'attente d'un sommeil qui tarde à venir.

Décidément, elle ne pourra pas s'endormir avant d'avoir tracé la route du lendemain. Elle sort donc règle et compas de leur tiroir et demeure un moment penchée sur la table à cartes.

Son devoir accompli, elle s'endort et rêve qu'elle barre le *Blagapar* dans les eaux de l'Atlantique Sud, là où il fait toujours beau et chaud.

Mais voilà que le rude climat du golfe du Saint-Laurent s'impose à sa conscience : humidité et brouillard se sont infiltrés dans la cabine. «Ce qu'il fait froid!» se dit-elle dans ce qui est maintenant un demi-sommeil.

– Un café, mon capitaine?

La voix de Prosper l'a réveillée tout à fait. Elle hume l'arôme du café, saisit la tasse à deux mains.

– Quelle heure?

- Près de huit heures. Vu le temps, nous t'avons laissée dormir.

Le temps! Vite, elle monte sur le pont. L'horizon est bouché mur à mur, le pont mouillé bord à bord. Mirambole s'en rend d'ailleurs brutalement compte lorsque, ses pieds nus glissant sur le pont, elle voit sa tasse s'envoler par-dessus bord, et se retrouve sur le derrière.

– Un autre café, mon capitaine? lui demande Prosper, narquois.

• • •

Le brouillard a aussi envahi Havre-Saint-Pierre. Il masque les fenêtres du restaurant *La Promenade*. Pierre Kurtness, qui a obtenu son congé de la clinique, vient d'y commander un déjeuner.

Soudain, il se lève, va au comptoir et annule sa commande. Il vient de prendre une décision. Il lui tarde de la concrétiser.

. . .

– C'est un brouillard de radiation. Il se dissipera bientôt, décrète Thanh. Le soleil va s'en charger. Passe-moi le beurre, Benoît.

– Mirambole, ma vieille, lance Prosper, ouvre bien grand tes oreilles et aiguise ta cervelle. Je sens que le docteur Nguyen s'apprête à nous donner un cours de météo. Pendant que tu y es, tartine donc un peu ma biscotte... Encore un peu... C'est ça. Merci.

Mirambole dépose le pot de confiture et tend l'oreille en direction de Thanh qui tente d'éclaircir sa voix que l'humidité a un peu enrouée.

– Le soleil commence à percer, s'écrie Benoît.

– Je vous l'avais prédit, lance Thanh qui en oublie de donner son cours.

– Préparez-vous à l'appareillage, ordonne Mirambole.

Et, d'un trait, elle avale le reste de son café.

. . .

Tandis que le *Blagapar* quitte le port de Mingan, cinq hommes sortent d'un chalet en bois rond et s'étirent sous les premiers rayons du soleil.

Ces hommes foulent le sol d'Anticosti, à quelque cinq kilomètres de la baie de l'Ours.

– Chacun à son poste! ordonne un sixième individu qui vient à son tour d'apparaître à l'air libre. Les chiens seront bientôt là.

. . .

Il fait beau temps. Un bon vent souffle du nord-nord-est. Il est dix heures du matin.

Le *Blagapar* tire des bords dans le chenal de Mingan où le courant bataille contre le vent. Il en résulte une mer pas mal agitée, moins cependant que ne l'est l'estomac de Prosper. Sur un ton suppliant, il demande:

– Mirambole, ma vieille, débarquerons-nous bientôt sur Anticosti?

– Certainement pas aujourd'hui. Nous ferons escale à Baie-Johan-Beetz. C'est presque en face de la baie de l'Ours. Demain, nous n'aurons qu'à traverser le détroit de Jacques-Cartier par le chemin le plus court.

– Quand arriverons-nous à Baie-Johan-Beetz?

– En fin d'après-midi, si le vent se maintient.

De désespoir, Prosper se penche par-dessus bord et rend son déjeuner.

• • •

Pendant que Prosper nourrit les poissons, Pierre Kurtness s'affaire sur le pont de son voilier en rade de Havre-Saint-Pierre. Le *Minkan* est un magnifique bateau de douze mètres, élancé et superrapide.

Pierre a négligé son voilier, ces derniers temps, lorsqu'il jouait le rôle de matelot de troisième classe sur le cargo. Ce qui, cependant, lui a permis d'amasser assez de sous pour finir de payer son bateau.

Bien sûr, ce faisant, il a été le complice involontaire d'actes criminels qui lui répugnent. Mais n'est-il pas à présent en mesure de pourchasser ceux qui les ont fomentés? «Je les attraperai, se dit-il, et ils seront jugés.»

• • •

Il fait chaud. La mer s'arrondit devant l'étrave. Un vent humide souffle maintenant du sud-sud-ouest, grand largue, c'est-à-dire d'une direction un peu oblique par rapport à l'arrière du bateau. À cette allure portante, le *Blagapar* file bon train au large de la côte sud de l'île à la Chasse.

Un peu trop au large cependant.

Craignant de s'échouer sur des hauts-fonds, Mirambole a emprunté le couloir de circulation des navires à fort tirant d'eau, ce qui, par temps clair, ne pose pas de problème.

Mais voilà qu'une légère brume se lève, qui s'épaissit, devient brouillard, puis blanches ténèbres au sein desquelles s'enfoncent le voilier et son équipage.

– C'est pire que ce matin, dit Thanh.

Mirambole ne l'a pas entendu. Quelque chose l'inquiète. Tout à l'heure, elle a aperçu un cargo avançant vers eux, droit devant. À une distance de sept milles marins, avait-elle alors estimé. Et elle avait prévu de virer légèrement en direction de la côte, une fois dépassée l'île à la Chasse.

Mais tenter cette manœuvre maintenant serait suicidaire. Elle se sait dans les parages de récifs sur lesquels le *Blagapar* pourrait se fracasser.

Mirambole maintient le cap, se disant que le cargo a sûrement détecté le petit voilier sur son écran radar.

Mirambole commet une grave faute.

De la grisaille qui les entoure, émerge soudain une tache sombre qui grossit à vue d'œil, s'approche, devient muraille et émet un son épouvantable.

– Nous allons être broyés ! crie Thanh.

6 BAIE-JOHAN-BEETZ

L'ÎLE D'ANTICOSTI S'ÉTIRE sur plus de deux cent vingt kilomètres. Elle n'abrite que trois cents habitants, mais plus de cent mille chevreuils y vivent. Malgré les chasseurs, le troupeau ne cesse de s'accroître. On explique ce phénomène par l'abondance de nourriture, un climat doux et l'absence de loups.

Dans le but d'en protéger la faune, il est interdit de débarquer des chiens sur l'île.

Pourtant, en ce matin du début du mois d'août, c'est une meute entière qui sillonne un territoire situé à l'est du cap à l'Ours.

La meute comprend quinze grands chiens rouges répartis en cinq groupes. Tous cependant convergent vers un plateau ceinturé par une boucle du ruisseau Beacon.

Chose étrange, ces chiens courent sans émettre le moindre aboiement.

• • •

Le cargo minéralier est passé à quelque dix mètres des copains. Entraîné dans le sillage du grand navire, le *Blagapar* s'est couché un instant sur le côté tribord, ses voiles rasant les flots, puis s'est redressé brusquement dans un craquement sinistre.

Le voilà maintenant surfant pour ainsi dire sur l'énorme vague déferlante qui suit.

Cramponnée à la barre, Mirambole craint un instant que le petit voilier ne pique du nez et ne chavire dans le sens de la longueur.

Mais le *Blagapar* est solide et bien équilibré. Mirambole se réjouit qu'Ernest Piuze ait sacrifié la vitesse à la sécurité maintenant que, la mer s'apaisant, elle sent le bateau lui obéir de nouveau.

Cependant, le danger plane encore. Il y a ce brouillard qui les enveloppe toujours, et la proximité inquiétante de récifs.

– J'entends une cloche, crie Thanh.

Resté un moment bouche ouverte, Prosper remue enfin les lèvres.

– Cela vient de bâbord arrière.

Penché sur la carte marine, Benoît prend la parole à son tour.

– Ce sont les hauts-fonds de Collins. Une bouée à cloche actionnée par la houle indique leur position. C'est la seule de ce type dans le

secteur. File tout droit, Mirambole. Nous sommes en eaux libres jusqu'aux approches de Baie-Johan-Beetz.

– Mais des bateaux de pêche peuvent croiser dans les parages, réplique Mirambole, ou d'autres plaisanciers. Trouve la corne de brume, Benoît, et ne te gêne pas pour souffler dedans.

• • •

Le brouillard dissipé, le *Minkan* a quitté Havre-Saint-Pierre en direction d'Anticosti.

Tout en barrant son bateau, Pierre songe à une petite usine de Laval. Elle se spécialise, lui a affirmé Miguel, dans la mise en conserve de langues de bœuf. « Ils auront voulu diversifier leurs activités, se dit-il et, surtout, amasser un magot confortable. »

• • •

Le soleil brille maintenant au-dessus de la baie Johan-Beetz dans laquelle glisse lentement le *Blagapar* sous voilure réduite. Mirambole est attentive. Son regard oscillant de la carte aux deux réservoirs blancs qui font office d'amers, elle dirige le *Blagapar* vers le quai public.

– Descendez les voiles d'avant! crie-t-elle.

À leur poste, Thanh et Benoît s'exécutent.

– Amenez la grand-voile!

Prosper imite ses copains.

Pendant que le *Blagapar* glisse lentement sur son erre, Benoît et Thanh saisissent chacun une amarre et s'apprêtent à monter sur le quai.

– Ouf! fait Mirambole, soulagée, lorsque le *Blagapar* vient s'y appuyer en douceur.

• • •

Les quinze grands chiens rouges courent toujours en direction du plateau ceinturé par le ruisseau Beacon, chacun rabattant devant lui un, deux, voire trois chevreuils. Leur tâche est facile maintenant qu'ils ont atteint la zone où de larges allées s'ouvrent dans l'épaisse forêt d'épinettes. Dans leur fuite affolée, les cervidés les empruntent tout naturellement, talonnés par leurs poursuivants tous crocs dehors, qui jamais ne mordent, cependant.

La mise à mort incombe plutôt aux cinq hommes qui attendent sur le plateau, une arme à la main.

• • •

Le *Minkan* a atteint Anticosti. Il a jeté l'ancre dans la baie de Caplan. C'est un bon mouillage d'où Pierre ne pourra manquer le passage de la *Canaille* prévu pour le lendemain après-midi, selon le calendrier dévoilé par Miguel.

Quarante milles marins séparent la baie de Caplan du cap à l'Ours, soit quatre heures de navigation par bon vent portant.

• • •

Les Aliments Carnés inc. ont pignon sur rue dans l'un des parcs industriels de Laval. C'est une modeste conserverie qui n'emploie que quelques dizaines de travailleurs.

En ce moment, son directeur converse avec un visiteur ; un associé probablement, vu les propos échangés.

– Nous aurons terminé dans un mois, donc bien avant l'ouverture de la chasse. Je te le répète : il n'y a aucun risque. Tu penses bien que les pêcheurs de saumon n'iront pas s'aventurer jusque-là avec leur canne à mouche longue à n'en plus finir.

– Cela en vaut-il la peine, au moins ?

– Encore plus que prévu, mon vieux. Nos ventes rapporteront cinq millions, au bas mot.

– Cinq millions!

– Pas mal, n'est-ce pas? Bien sûr, il faut déduire les dépenses d'opération.

– Il y a aussi l'équipement. Il doit bien coûter quelque chose.

– Je l'ai obtenu pour une bouchée de pain. En fait, il est dépassé et tombe presque en ruine. Mais il durera bien un mois. Après l'opération, il sautera avec le local. Le dispositif est déjà installé. Quant à l'argent, rassure-toi, il en restera. Au bas mot, cinq cent mille dollars chacun, et pas d'impôts à payer. Et, très important : nulle possibilité de remonter jusqu'à nous.

• • •

Sur le *Blagapar,* l'équipage dort. «Reposons-nous bien, a dit Thanh à l'extinction des feux. Foi de docteur, le jour qui vient sera historique.»

7

ANTICOSTI

Il EST MIDI. Le *Blagapar* danse doucement au bout de la chaîne de son ancre sur un fond de bonne tenue. Autour du voilier : les eaux de la baie de l'Ours que dominent au nord le cap du même nom et au sud la pointe Easton.

Tôt le matin, nos amis ont quitté Baie-Johan-Beetz pour franchir le détroit de Jacques-Cartier. Une traversée sans histoire et douce à l'estomac de Prosper. La preuve : le retour de son intérêt pour les choses de la table.

– Ce sera bientôt prêt, Thanh ?

– J'arrive, mon bon ami, j'arrive.

Ce disant, le cuisinier surgit de la cabine, une casserole fumante au bout des bras. Il la dépose sur le plancher du cockpit, puis s'incline devant ses copains.

– Potage de homard à la U-Boat.

– Pourquoi U-Boat ? demande Benoît.

– À cause de l'endroit où nous sommes, mon petit. Apprends que des sous-marins allemands ont fréquenté la baie de l'Ours au cours de la Deuxième Guerre mondiale. Bonne rade, excellent poste d'observation et une profondeur d'eau suffisante pour vite plonger dès qu'on s'éloigne un tant soit peu de la rive.

– Et possibilité de débarquer des hommes pour des missions d'espionnage, intervient Mirambole. J'y pense, ces messieurs ont-ils toujours l'intention d'aller à terre ?

– Oui, ma vieille. Tu nous accompagnes ?

– Et abandonner le *Blagapar*! Le capitaine restera à bord, mon cher. À vous maringouins, mouches noires et brûlots. Revenez avant le coucher du soleil.

– Oui, mon capitaine, promet Prosper. Excellent! ton potage, Thanh, mais insuffisant. Y a-t-il autre chose ?

– Monsieur Baptiste accepterait-il de goûter à ma pizza vietnamienne aux fruits de mer ?

On se doute bien que Prosper n'a pas refusé. Actuellement, il s'occupe de digérer, tout en activant les rames du youyou qu'il partage avec Thanh. Benoît, qu'il a débarqué lors d'un premier voyage, les attend sur la rive.

• • •

Anticosti est construite en partie de couches de calcaire sédimenteux. Ce matériau est friable. Sous l'action de l'eau, de nombreuses baies et anses se sont formées sur le pourtour de l'île, et dans son sein se sont creusées des trous, des crevasses, des cavernes. Comme la fameuse grotte de la rivière à la Patate : cinq cents mètres de long, une des plus vastes du Québec. Celle-là est bien connue. Nombreux sont les visiteurs de l'île qui y sont allés.

Mais il y en a d'autres dont bien peu connaissent l'existence.

Celle qui est située dans la boucle du ruisseau Beacon, entre autres. Pour en découvrir l'entrée, il faut pénétrer dans un chalet en bois rond, déplacer le divan appuyé sur le mur du fond et enlever une feuille de contreplaqué retenue par des taquets dissimulés sous des tableaux.

Dans la clairière où est érigé ce chalet, trente-huit chevreuils exténués sont arrivés tout à l'heure, talonnés par de grands chiens rouges et muets.

Au fur et à mesure de leur arrivée, les bêtes ont été abattues d'une ou de plusieurs flèches.

Sans bruit, donc, on a tué les bêtes et traîné leurs cadavres à l'intérieur du chalet en bois rond, puis dans cette grotte qui n'a rien à envier à celle de la rivière à la Patate.

On a dû faire vite, car on attend l'arrivée de quatre autres meutes dans la journée. Au total, ce seront donc quelque quarante chiens qui auront écumé la partie nord-est d'Anticosti ce jour-là et rabattu environ deux cents chevreuils.

Et les chiens recommenceront le lendemain, et le jour suivant, et celui d'après, quel que soit le temps. C'est le rythme requis pour atteindre l'objectif de dix mille bêtes en un mois.

• • •

À Laval, le directeur des Aliments Carnés inc. est maintenant seul dans son bureau. Debout devant un grand tableau affichant l'échéancier des opérations d'Anticosti, il se frotte les mains. Aucun retard ; une légère avance même. Il se félicite d'avoir augmenté sa marge de sécurité en ajoutant au sentier qui, de la conserverie, mène à la baie de l'Ours, un sentier qui sinue jusqu'à la baie de la Tour. « Si jamais des pêcheurs ou des plaisanciers venaient mouiller dans un de ces endroits, nous chargerions la cargaison dans l'autre », se dit-il. L'homme sait l'importance de terminer l'opération dans le délai prévu.

· · ·

Les garçons ont tiré l'embarcation sur la grève jusque derrière un buisson.

– Où aller? demande Benoît.

Prosper a déjà planifié la mission de reconnaissance dans sa tête.

– Il se peut que quelque chose de louche se trame dans la baie de l'Ours ou dans ses environs. Il s'agit donc de parcourir le plus de terrain possible avant la tombée du jour, de façon systématique cependant, et sans nous perdre. Voyons : il y a la baie, le rivage et l'intérieur des terres. Mirambole occupe la baie et je fais mon affaire du rivage et, disons, d'une bande de forêt de deux cents mètres le long de celui-ci. Reste l'intérieur des terres. Tu n'as pas oublié la boussole, Thanh ?

– Non. J'ai aussi la carte.

– Toi et Benoît pousserez une pointe droit devant vous sur à peu près deux kilomètres. Ensuite, vous tournerez à gauche, marcherez environ un kilomètre, puis vous bifurquerez en direction du rivage. Rendez-vous ici même avant la tombée de la nuit.

· · ·

La *Canaille* passe au large de la baie de Caplan. Pierre Kurtness la suit des yeux jusqu'à ce qu'elle disparaisse derrière la pointe Carleton. « Je vais lui laisser deux heures d'avance, se dit-il, ainsi son équipage ne s'apercevra pas qu'il est suivi. »

• • •

Demeurée seule à bord du *Blagapar,* Mirambole a fait le ménage de la cabine. Ensuite, elle a étendu un matelas pneumatique sur le pont et chaussé ses verres fumés. À elle maintenant le ciel, la mer, le calme et la volupté... pour quelques minutes seulement. Car n'est-ce pas la *Canaille* qu'elle voit tout à coup surgir de derrière le cap à l'Ours ? Nul doute, c'est bien elle.

De la goélette, on a aussi aperçu le *Blagapar* puisqu'un Zodiac se détache de celle-là pour filer vers celui-ci. « Deux hommes sont à bord : un petit et un grand », constate Mirambole qui les a vus peu à peu grossir dans ses jumelles. La *Canaille,* elle, a poursuivi son chemin cap au sud, en direction de la pointe Easton.

• • •

Prosper est parvenu à l'extrémité sud de la baie de l'Ours. En ce moment, il s'apprête à gravir la rude pente qui mène au sommet de la pointe Easton. Ainsi aura-t-il une vue plongeante sur la baie de l'Ours et celle de la Tour.

. . .

Tandis que, dos au cap à l'Ours, Prosper avance sur le rivage de la baie de l'Ours en direction de la pointe Easton qui la limite au sud, Thanh et Benoît cheminent franc ouest vers l'intérieur d'Anticosti.

Les deux copains progressent lentement mais sûrement jusqu'à la rive du ruisseau Beacon où Thanh fait une découverte peu alléchante.

8 PRIS AU PIÈGE

Comme la *Canaille* deux heures auparavant, le *Minkan* double à son tour la pointe Carleton.

Le voilier file bon train un certain temps, puis, diminuant sa voilure, il se rapproche de la côte. Enfin, il entre dans la baie Beacon et mouille à l'ombre du cap à l'Ours qui sépare la baie Beacon de celle de l'Ours.

«De l'autre côté de ce promontoire, dans la baie de l'Ours, à moins d'un kilomètre à vol d'oiseau, la *Canaille* aura sans doute jeté l'ancre», pense Pierre Kurtness. Pour s'en assurer, il décide de gravir le cap à l'Ours.

• • •

Thanh a ramassé la chose avec une feuille et la met sous le nez de son copain.

– Regarde : une crotte de chien. Toute fraîche.

– Et puis? fait Benoît en reculant un peu.

– Les chiens sont interdits sur Anticosti.

– Les braconniers aussi. Pourtant, plusieurs doivent y chasser hors-saison. Il faudrait des centaines de gardes pour surveiller adéquatement l'immense territoire de l'île. Tu imagines le coût! As-tu vu?

Benoît pointe le doigt en direction d'une trouée entre les arbres, sur l'autre rive du ruisseau Beacon.

– On dirait un chemin, allons jeter un coup d'œil.

Ils traversent le ruisseau Beacon, presque à sec en cette saison, en sautant d'une roche à l'autre. Parvenus de l'autre côté, ils pénètrent dans la trouée et empruntent une large allée légèrement montante.

• • •

Le Zodiac est maintenant tout près du *Blagapar*. Les mains en porte-voix, Mirambole crie :

– Bonjour, messieurs! Beau temps, n'est-ce pas? Pouvons-nous vous aider?

Elle a dit « nous » pour laisser croire qu'elle n'est pas seule à bord, que ses amis sont dans la cabine. Le plus grand des deux individus, que nous appellerons Bob, coupe le moteur et répond :

– Tu ne fais pas le poids, ma petite. Nous devons transporter quelques caisses. Tes copains accepteraient-ils de nous donner un coup de main ?

– Ah ! Mais c'est qu'ils sont actuellement à terre, répond Mirambole. Ils ne sauraient tarder à revenir, s'empresse-t-elle d'ajouter.

Bill – c'est le plus petit des deux – se met à rire.

– Nous les attendrons en ta compagnie.

Et il monte à bord pendant que son compagnon amarre le Zodiac au *Blagapar*.

• • •

Après avoir parcouru environ cinq cents mètres dans la pénombre d'un bois d'épinettes noires, Thanh et Benoît se heurtent presque à un éperon rocheux.

– L'allée le contourne par la droite, dit Thanh.

– Dis plutôt par la gauche, réplique Benoît.

Ils découvriront que chacun avait raison. Thanh empruntera l'allée de droite, Benoît celle de gauche.

· · ·

Pierre a gravi le cap à l'Ours. Il a beau scruter la baie du même nom, il ne voit pas la *Canaille*. Le Zodiac de la goélette est là pourtant, mais en compagnie d'un voilier qu'il n'a jamais vu auparavant. Il décide d'aller y voir de plus près et redescend vers le *Minkan*.

· · ·

À cause du relief particulièrement accidenté à gauche de l'éperon, Benoît a mis du temps à atteindre la clairière. Le garçon va y pénétrer lorsque, soudain, il se jette à terre et se glisse derrière un buisson.

Il vient d'apercevoir Thanh.

Son copain n'est pas seul. Acculé au mur d'un petit chalet en bois rond, Thanh regarde avec effroi les six grands chiens rouges déployés devant lui en demi-cercle. Derrière les chiens : trois hommes armés d'arcs déjà bandés, prêts à tirer.

· · ·

Après s'être assurés que Mirambole était bien seule à bord du *Blagapar*, les occupants

du Zodiac lui ont fait subir un interrogatoire en règle.

– Pourquoi ton voilier nous a-t-il suivis dans les parages de l'île Nue? a demandé Bill. Et pourquoi nous avoir épié alors que nous hissions des caisses à bord d'un cargo? À ce moment-là, toi et tes copains étiez sur l'îlet de la Maison. Le soleil se réflétait dans les jumelles de celui qui nous observait derrière un rocher.

– Et voilà que nous te trouvons une fois de plus sur notre route, a renchéri Bob. Le golfe est pourtant si vaste! De bien curieuses coïncidences. Peux-tu nous les expliquer?

Il faut croire que les réponses évasives de Mirambole n'ont pas satisfait ses visiteurs puisqu'ils la ligotent et l'enferment dans la cabine.

Elle y est depuis peu lorsqu'elle entend ronronner le moteur du *Blagapar*.

Barré par le dénommé Bill, le voilier quitte la baie de l'Ours à la suite du Zodiac. Les deux embarcations doublent la pointe Easton et entrent dans la baie de la Tour où la *Canaille* les a précédées.

• • •

Pendant que Pierre dévalait la pente du cap à l'Ours, Prosper peinait sur celle qui mène au sommet de la pointe Easton. Parvenu à son but, il est abasourdi; d'abord par ce qu'il ne voit pas, puis par ce qu'il voit.

Car la baie de l'Ours est bel et bien vide de toute embarcation, au moment où il y plonge son regard. Et Prosper a beau la scruter de long en large, son œil ne perçoit que le bleu des flots. «Où est donc passé le *Blagapar?*» se demande-t-il.

Une question à laquelle il trouvera vite réponse.

En effet, pivotant sur lui-même et baissant maintenant les yeux sur la baie de la Tour, Prosper aperçoit le *Blagapar* et la goélette mouillés à quelques encablures l'un de l'autre. Entre les deux, un Zodiac.

Se doutant bien que Mirambole est dans de beaux draps, il décide d'aller à son secours.

Thanh et Benoît? «Ce sont de grands garçons, se dit-il. Il est certain qu'ils s'inquié-teront de mon absence et de la disparition du *Blagapar,* mais aucun danger ne les menace. Alors que Mirambole, elle... »

• • •

Les archers n'ont pas tiré. Ils ont plutôt fait signe à Thanh d'entrer dans le chalet.

Benoît réalise qu'il n'est pas actuellement en mesure de tirer son copain de là. Aussi dévale-t-il l'allée empruntée tout à l'heure. Au ruisseau Beacon, les difficultés du terrain ralentiront sa progression, mais Benoît n'en atteindra pas moins le rivage de la baie de l'Ours avant la noirceur.

Là, ses yeux chercheront en vain le *Blagapar*, et le nom de Prosper qu'il criera à tous vents n'éveillera que l'écho.

9
DANS DE
BEAUX DRAPS

O N A ENLEVÉ LA FEUILLE de contreplaqué et
traîné Thanh sous terre, jusque dans une
sorte de bureau vitré sur trois côtés. Ligoté sur
une chaise, notre ami attend qu'on veuille bien
s'occuper de sa personne.

Sa position est loin d'être confortable.
Fixée à la paroi de la grotte, une grosse boîte
noire cadenassée lui comprime l'arrière du
crâne. DANGER, est-il écrit sur cette boîte
d'où une gaine métallique s'échappe, qui
descend derrière le dos de notre ami, lui passe
entre les pieds et court sur le sol en direction
du fond de la grotte.

Thanh sait qu'il ne peut fuir. Mais il y a
toujours quelque chose de mieux à faire que
de ne rien faire. Aussi prête-t-il une grande
attention à tout ce qui l'entoure. Il a bien mé-
morisé ce qu'il a vu jusqu'ici. Maintenant, il
essaie de saisir le but des opérations qui se
déroulent sous ses yeux.

À quoi servent donc ces immenses marmites d'où fuit parfois un peu de vapeur? Et cet échangeur de chaleur n'a-t-il pas été installé pour condenser cette vapeur qu'on ne saurait laisser s'échapper librement dans un espace clos?

Thanh récapitule ce qu'il a vu depuis son entrée dans la grotte : des cadavres d'animaux suspendus à des crocs, une grande table sur laquelle on les évidait et on les débitait en morceaux. «Ces appareils sont des autoclaves, se dit-il en reportant son regard sur les marmites. On y traite la viande qu'on met ensuite en boîtes, je suppose, dans un coin que je ne vois pas d'ici. Et ce bruit sourd que j'entends provient probablement du groupe électrogène qui fournit l'énergie. Incroyable, je me trouve dans une conserverie souterraine et clandestine.»

Mais Thanh interrompt là sa réflexion, car deux individus entrent dans le bureau.

• • •

– Vous débarrasser du garçon maintenant? Non. Je veux l'interroger. Je serai à Havre-Saint-Pierre disons... demain matin, vers les dix heures. De là, je me rendrai sur les lieux en hélicoptère. Faites le nécessaire.

Le directeur des Aliments Carnés inc. raccroche, soucieux.

– Je m'absente pour quelques jours, dit-il à sa secrétaire.

Et il sort en coup de vent.

• • •

Le *Minkan* a doublé le cap à l'Ours et entre dans la baie du même nom.

Constatant que la baie est maintenant déserte, Pierre prend ses jumelles et scrute la rive. Il y aperçoit quelqu'un qui agite les bras.

Benoît soupire de soulagement. Le voilier inconnu a modifié son cap et avance dans sa direction.

• • •

Il fait noir maintenant.

Alors que le soleil glissait derrière l'horizon, Prosper descendait vers la baie de la Tour. Pour l'heure, tapi derrière un buisson, il s'interroge. Mirambole est-elle toujours sur le *Blagapar*? Ne l'a-t-on pas plutôt emmenée sur la *Canaille*? À moins que...

Non. Il veut croire que son amie est là, tout près, à bord d'un des deux voiliers que la houle balance non loin du rivage.

Mais comment lui venir en aide sans éveiller l'attention de l'équipage de la goélette?

Soudain, il se fait plus petit derrière son buisson. Dans la proche forêt, plusieurs personnes avancent en direction du rivage. Les «han!» qu'elles émettent indiquent qu'elles portent un lourd fardeau.

. . .

On a jeté Mirambole à plat ventre sur une couchette, attaché une corde au lien qui maintient ses poignets derrière son dos et noué l'autre extrémité de cette corde à un anneau de fer fixé au plafond de la cabine. Une lanterne est accrochée au même anneau. Dans cette position, notre amie ne peut ni rouler sur elle-même ni se jeter en bas de la couchette. On l'a aussi bâillonnée et ses pieds sont attachés.

Confiants que leur prisonnière ne s'échappera pas, les deux forbans l'ont laissée seule.

. . .

À bord du *Minkan,* une lampe-tempête éclaire deux visages soucieux. Pierre a la parole.

– Je résume. Alors que je naviguais à bord d'un cargo, j'ai appris d'un autre membre de l'équipage qu'une opération de braconnage à grande échelle avait lieu sur Anticosti. L'affaire terminée, des milliers de chevreuils auront été abattus et leur viande aura été mise en conserve sur l'île même, dans la région du cap à l'Ours. « Il y a aussi des chiens, m'a dit Miguel. Ils sont nombreux : au moins trois douzaines, tous rouges et muets. Ils ont été opérés afin de rabattre les chevreuils sans faire de bruit. »

– Miguel connaissait-il le nom du responsable de l'opération ?

– Non. Mais il savait qu'elle était dirigée à partir d'une conserverie de Laval. Le produit est écoulé aux États-Unis et en Europe. Les caisses sont acheminées de nuit et à dos d'homme jusqu'au rivage de la baie de l'Ours. Toujours d'après Miguel, on projetait d'ouvrir un deuxième sentier en direction de la baie de la Tour. C'est probablement là que mouille la *Canaille* actuellement. Un Zodiac transporte les caisses de la rive jusqu'à la goélette qui, elle, les apporte jusqu'à un point de rendez-vous avec le cargo sur lequel je travaillais. La rencontre des deux bâtiments s'effectue près de l'île Nue.

– Et la *Canaille* ?

– Son capitaine l'aurait obtenue pour une bouchée de pain. Complètement pourrie. Un rocher la caresserait qu'elle coulerait.

Pierre ayant terminé son histoire, Benoît raconte la sienne. Longtemps, ils demeureront sur le pont, chacun s'interrogeant à part lui sur le sort de Mirambole, de Thanh et de Prosper.

• • •

Les porteurs – Prosper en a compté huit – ont déposé leur fardeau sur la grève et sont repartis... sauf un qui, assis sur une caisse, attend l'arrivée du Zodiac en grillant une cigarette.

Sans perdre une minute, Prosper s'est approché.

– Donne-moi du feu, mon vieux.

L'autre se retourne et sursaute. Mais il ne peut exprimer sa surprise qu'au moyen du regard, car une grande main noire vient de s'abattre sur sa bouche tandis qu'une autre lui enserre l'arrière du crâne.

– Tu vas te laisser ligoter et bâillonner en silence, mon vieux, sinon... crac !

Et Prosper de lui tordre un tout petit peu le cou.

L'individu a vite compris qu'il est dans son intérêt d'obéir. Aussi, se laisse-t-il sagement attacher avec ses propres vêtements.

10 PROSPER PASSE À L'ENNEMI

PROSPER A LIGOTÉ et bâillonné le porteur demeuré sur place et l'a traîné derrière un buisson. En ce moment, assis sur l'une des caisses, notre ami attend tranquillement ceux qui, en toute logique, transporteront les caisses à bord de la *Canaille*. «Pourvu qu'ils ne soient pas trop nombreux», se dit-il.

Autour, tout est calme... jusqu'à ce que le bruit d'un moteur vienne troubler la paix nocturne. Le Zodiac vient de quitter la *Canaille* et se dirige vers la plage.

• • •

Mirambole a utilisé le lien qui la retient au plafond comme point d'appui et a ramené ses genoux sous elle. De cette position, elle a pu se mettre debout sur la couchette, relâchant ainsi la tension dans ses bras. Actuellement, elle concentre son attention sur le fanal suspendu à l'anneau auquel elle est attachée, plus particulièrement sur les trois tiges en forme de J qui servent de trépied. Soixante centimètres de corde pendent derrière son dos.

. . .

Thanh aussi a été ligoté et bâillonné. Il a donc fallu le porter jusqu'à l'endroit où il gît maintenant : une sorte de chenil souterrain aménagé dans le coin le plus reculé de la caverne.

Thanh n'est pas seul dans ce cachot. Une quarantaine de grands chiens rouges y circulent en silence. Plusieurs bêtes lui lèchent la figure au passage.

. . .

Le seul occupant du Zodiac qui vient de s'échouer sur la berge ne peut retenir son étonnement à la vue de Prosper :

– Batêche ! Ils embauchent des Noirs à présent.

– C'est qu'ils n'ont pas pu trouver mieux, mon vieux. Tu m'aides à transporter les caisses à bord du Zodiac ?

– Pour qui me prends-tu ? Un esclave ?

Prosper s'approche de lui, lui saisit le nez

entre le pouce et l'index et le lui tord d'un quart de tour.

– Aïe! Es-tu devenu fou?

– Ne le prends pas mal. C'est la manière dont les primitifs se saluent entre eux. Tu me donnes un coup de main?

– Ouuiii! fait l'autre.

Il faut dire que Prosper tient toujours le nez de son interlocuteur tandis que sa main libre se balance à proximité d'une oreille qui en rougit d'appréhension.

• • •

À maintes reprises, Mirambole a plié les genoux, puis s'est soulevée sur la pointe des pieds. Grâce à cette manœuvre et à de judicieuses secousses imprimées à son épaule, elle a pu faire passer à six reprises la corde qui pend derrière son dos par-dessus l'une des tiges en J formant le trépied de la lampe puis, une septième fois, par-dessus les trois tiges.

Maintenant elle sautille sur la couchette en tournant dans le sens des aiguilles d'une montre*.

---

* Manœuvre qui, bien sûr, permet d'exercer sur l'anneau une force dans le sens contraire des aiguilles d'une montre.

. . .

L'homme s'apprêtait à rejoindre les caisses à bord du Zodiac lorsque la lourde main de Prosper s'est abattue sur son épaule.

– Je te remplace, mon vieux.

– Et moi?

– Tu vas te reposer.

Et de lui expliquer qu'il va le ligoter et le bâillonner avec ses vêtements et qu'il attend une grande coopération de sa part en retour de laquelle il le déposera gentiment derrière un buisson et lui fournira même la compagnie d'un copain pour passer le temps, sinon...

Il faut croire que Prosper a été convaincant, puisque c'est lui qui monte actuellement à bord du Zodiac. Avant de lancer le moteur, il sort un carnet de sa poche, y écrit quelques mots, arrache la feuille, se relit et sourit.

. . .

Mirambole a gagné son pari. L'anneau fixé au plafond de la cabine a obéi à la traction et commence à se dévisser. Elle poursuit donc son sautillement sur la couchette jusqu'à ce que fanal et anneau tombent sur le matelas.

• • •

Debout sur le pont de la *Canaille,* Bob attrape le filin que vient de lui lancer Bill. Il s'apprête à amarrer solidement le Zodiac à la goélette lorsque... « Mais ce n'est pas Bill ! » se dit-il.

– Où est Bill ? demande-t-il au géant noir qui occupe le canot pneumatique.

– *Kaput,* répond Prosper en lui tendant le billet qu'il a griffonné sur la grève.

Bob le saisit et lit :

> Votre homme s'est s'effondré subitement alors qu'il hissait une caisse à bord du Zodiac. Impossible de le ranimer. Crise cardiaque ? Nous nous en occupons. Pour le remplacer, je vous envoie le dénommé Prosper : gros bras mais petite tête. Veillez à bien le nourrir : il mange comme dix. Impossible de faire mieux actuellement.

Et c'est signé d'un paraphe illisible pouvant figurer n'importe quel nom du bottin téléphonique. Bob jette le papier par-dessus bord.

– Monte ! Tu vas empiler les caisses sur le pont arrière.

– Tout seul?

Bob se met à rire.

– Oui, mon gros. Et que ça saute!

Puis, approchant de sa bouche l'extrémité de ses doigts regroupés :

– Sinon *t'ô â ien* à bouffer.

Jugeant le moment mal choisi pour lui tordre quelque chose, Prosper s'active sans dire un mot.

11

UN BAIN
DE MINUIT

PRENEZ UNE CORDE de la grosseur de votre petit doigt, tendez-la, puis frottez-la sur une arête en métal en pesant de tout votre poids : vous la couperez en moins de cinq minutes, même si vous lui tournez le dos.

Grâce au rebord de la table à cartes jusqu'où elle a sautillé, Mirambole a libéré ses poignets. Deux minutes plus tard, ses chevilles endolories et ses lèvres retrouvaient également leur liberté.

Une rapide inspection du *Blagapar* lui a permis de découvrir qu'elle y est seule. Mirambole pourrait donc fuir, mais serait malheureusement vite rattrapée. Vide, le Zodiac vole littéralement sur les eaux.

« Ah ! si au moins deux kilomètres me séparaient de la *Canaille,* se dit-elle. Alors, je lancerais le moteur et filerais vers la baie de l'Ours que j'atteindrais bien avant qu'on puisse me rattraper.. Seule la pointe Easton m'en sépare. Une fois celle-ci doublée, mes amis apercevraient le *Blagapar* et viendraient vite à mon secours avec le youyou ou à la nage.»

Tout à coup, une idée lui vient. Elle farfouille parmi les documents qui garnissent les étagères aménagées sous la table à cartes et déniche un annuaire des marées.

· · ·

Prosper a terminé son travail et gagné son repas.

On le retrouve attablé dans une des cabines de la *Canaille* devant une pointe de pizza froide et une bière chaude. Tout près, se tient un gros type écrasé sur une chaise longue. Le gars feuillette un magazine. «Ce doit être le capitaine, se dit Prosper; je ne l'ai pas encore vu travailler.»

– Où vais-je dormir? lui demande-t-il.

L'autre daigne lever les yeux.

– Sur le pont. Demande une couverture à Bob.

Prosper se lève, jette croûtes de pizza et cannette de bière dans une poubelle et se dirige vers la porte du fond. Elle donne accès à une cabine qu'il n'a pas encore eu le loisir de visiter.

– Où vas-tu?

– Retrouver Bob.

L'autre ne dit mot et replonge dans sa lecture. «Mirambole n'est pas à bord, pense Prosper. Dans le cas contraire, on ne me permettrait pas de circuler si librement.» Tout le long de son passage entre les couchettes de la cabine, il n'en gardera pas moins les yeux et les oreilles grands ouverts.

N'ayant rien remarqué d'anormal, Prosper remonte sur le pont. Bob s'y trouve. Assis à l'indienne, il joue aux cartes avec les trois autres membres de l'équipage. Une lampe-tempête éclaire la scène.

Prosper s'approche d'eux.

– J'ai besoin d'une couverture.

– Pourquoi?

– Pour dormir.

Bob éclate de rire.

– Pas question que tu fasses dodo, mon gros. Vois-tu la chaîne de l'ancre là-bas? Eh bien! tu vas t'asseoir à côté et la garder toute la nuit de peur qu'elle ne s'envole.

Puis, se tournant vers les autres:

– Une paire de rois et une autre de valets. Qui dit mieux?

Refoulant sa colère, sans un mot, Prosper lui tourne le dos et se dirige vers l'avant.

• • •

Pour l'instant, Mirambole a décidé de ne pas se sauver à la nage. Survivrait-elle d'ailleurs à une nuit glacée sur Anticosti?

Elle regarde sa montre, constate qu'il est 21 h 50, heure normale, et consulte l'annuaire des marées.

Elle y apprend que la marée monte depuis 18 h 35 et qu'elle continuera son ascension jusqu'à 23 h 50, créant ainsi un courant contraire à celui du fleuve. Ceci déplacerait doucement le *Blagapar* en direction de la pointe Easton, s'il n'était pas retenu par son ancre. Or, une ancre peut se relever en douceur.

Mais si quelqu'un sur le pont de la *Canaille* se rendait compte que le voilier s'éloignait? Et si on lançait le Zodiac à la poursuite du *Blagapar* avant que celui-ci ait parcouru les deux kilomètres?

Alors, Mirambole se jetterait à l'eau et tenterait de gagner le rivage.

• • •

Plutôt que de surveiller la chaîne de l'ancre, Prosper a attaché son regard sur la silhouette sombre du *Blagapar*. Or, depuis quelques minutes, il lui semble que celui-ci s'éloigne lentement en direction de la pointe Easton. Pourtant, il n'entend pas bruire le moteur et aucune voile n'est hissée. Illusion d'optique? Notre ami prend une étoile pour repère. Il se rend vite compte que la distance entre cet astre et le mât du *Blagapar* augmente régulièrement.

«Ou l'ancre chasse sur un fond de mauvaise tenue, pense Prosper, ou c'est l'œuvre de Mirambole qui serait toujours à bord du voilier.» Il croise les doigts. «Espérons que la partie de cartes durera encore un bon moment», se dit-il.

. . .

Mirambole évalue à près de un kilomètre la distance la séparant maintenant de la *Canaille*. Se basant sur la vitesse estimée du courant, elle prévoit de lancer le moteur dans environ une demi-heure.

Entre-temps, notre amie se prépare à affronter une nuit glaciale au cas où il lui faudrait gagner la terre ferme à la nage. Préparation très simple qui consiste à envelopper un gros chandail de laine dans un ciré, puis à ficeler ce ballot avec une cordelette et, enfin,

à y fixer deux autres cordes en guise de bre-
telles.

Remontée sur le pont, Mirambole s'apprête à y déposer son paquet lorsqu'elle
entend un bruit de moteur. Quelques secondes encore, et plus aucun doute ne l'habite.
C'est bien sur le *Blagapar* que fonce le Zodiac,
plein gaz, son unique phare balayant les flots
tel l'œil d'un cyclope.

Sans hésiter, Mirambole endosse son
étrange havresac et plonge.

• • •

L'un des joueurs ayant sommeil, la partie
de cartes s'est malheureusement vite terminée.
Trop vite en tout cas pour Prosper qui a vu
s'avancer vers lui un Bob en mal de l'asticoter.

– La chaîne de l'ancre ne s'est pas enfuie,
j'espère.

Prosper n'a pas répondu.

– Sapristi! Mais le bateau s'éloigne. Pourquoi ne m'as-tu pas averti?

– Pas vu.

– Pas vu! Ça crève les yeux.

– Je surveillais la chaîne de l'ancre.

– Imbécile!

Et Bob d'emprunter l'échelle de poupe à

laquelle était amarré le Zodiac. Prosper l'a laissé dénouer le filin puis, juste au moment où il lançait le moteur, a crié :

– Oui, patron !

Et il a sauté dans l'embarcation qui en a presque chaviré.

– Qu'est-ce qui te prend ? a hurlé Bob.

– Le patron veut que je t'accompagne.

Bob a haussé les épaules et fait pivoter le canot en direction du *Blagapar*. C'était quelques secondes avant que Mirambole ne plonge dans l'eau glacée.

À l'heure qu'il est, notre amie nage vigoureusement vers la rive tandis que le Zodiac file en direction du *Blagapar*. Rendu à proximité, Bob réduit le régime du moteur. C'est le moment que choisit Prosper pour le prendre au collet et lui tordre l'oreille de sa main libre.

– Lâche-moi ! Tu me fais mal !

– Sais-tu nager ?

– Aïe !

– Sais-tu nager ?

L'autre fait signe que oui.

– Alors tu vas rejoindre la *Canaille* à la nage.

– Mais comment pourrais-je y monter ? L'échelle de poupe est trop haute.

– Tu te serviras de la chaîne de l'ancre,

mon vieux. Je t'assure qu'elle est toujours en place.

Et de le basculer par-dessus bord. Il était temps. Un peu plus et le Zodiac heurtait le *Blagapar*.

Prosper coupe le moteur, amarre le canot à l'arrière du cotre, monte à bord et, le désespoir au cœur, découvre que Mirambole n'y est pas.

12

RETROUVAILLES

MIRAMBOLE SAIT QUE, même mouillée, la laine conserve la chaleur émise par l'organisme pourvu qu'une enveloppe externe l'empêche de se dissiper.

Le chandail que le ciré n'a pas pu protéger est trempé à le tordre; Mirambole le tord, le revêt à même la peau, passe son t-shirt par-dessus et enfile le ciré. Les cordelettes lui servent à fermer celui-ci aux poignets et à la taille, créant ainsi un milieu protégé de l'air froid ambiant. Même ses jambes et ses pieds y trouveront leur profit. Lorsqu'on a froid aux pieds, mieux vaut en effet enfiler un chandail supplémentaire qu'une autre paire de bas, car ce sont les organes vitaux qu'il faut réchauffer avant tout.

À la condition de bouger, cependant.

C'est ce que fait Mirambole qui avance maintenant sur la grève, dans des espadrilles qui glougloutent, en direction du buisson derrière lequel Prosper a déposé ses victimes.

Mais ça, Mirambole l'ignore.

. . .

Surmontant son chagrin, Prosper a décidé d'agir.

D'ailleurs, il ne désespère pas que son amie vive encore. L'ancre n'est-elle pas sur le pont? Qui aurait pu la remonter sinon elle? «Elle nage comme un poisson, se dit-il. Elle aura gagné la rive.»

Prosper décide de rejoindre Thanh et Benoît qu'il croit toujours sur la grève de la baie de l'Ours. Aussi lance-t-il le moteur du *Blagapar* et met-il le cap sur la pointe Easton, le Zodiac en remorque.

. . .

La chaîne de l'ancre n'ayant pas déserté son poste, Bob s'en est servi pour se hisser à bord de la *Canaille*. Ruisselant et frigorifié, il fait part de son aventure au capitaine de la goélette.

– Imbécile!

Puis, se tournant vers les autres:

– Montez les carabines sur le pont et pré-parez-vous à lever l'ancre!

• • •

Le sentier emprunté par les porteurs au début de la soirée débouche entre deux buissons. Mirambole est sur le point de s'y engager lorsqu'elle entend un gémissement derrière celui de droite. Elle en fait le tour et découvre une sorte de ballot de forme humaine qui lève vers elle des yeux implorants. «Le pauvre homme!» s'exclame-t-elle. Elle s'apprête à le délivrer de ses liens lorsque...: «Ma foi! En voici un autre.» Mais bien vite, elle reconnaît Bill, s'écrie autant pour elle que pour eux: «Oh non!» et pénètre sous le couvert.

• • •

Benoît secoue Pierre.
– Le *Blagapar* revient!
– Quoi?
– Le *Blagapar* revient et le Zodiac le suit.
Pierre s'arrache définitivement à son sommeil et monte sur le pont.

• • •

La pointe Easton doublée, le *Blagapar* s'engage dans la baie de l'Ours. Un coup d'œil derrière lui suffit à tranquilliser Prosper : la goélette n'a pas encore levé l'ancre. S'étant assuré de ses arrières, Prosper va maintenant tenter d'établir le contact avec Thanh et Benoît. Pour ce faire, il embouche la corne de brume et émet à plusieurs reprises la séquence de notes suivante : une brève, deux longues, une brève. C'est alors qu'il aperçoit la masse sombre du *Minkan* se découpant sur celle un peu plus claire de la forêt. « Ami ou ennemi ? » se demande-t-il.

Benoît, lui, sait déjà que Prosper est à bord du *Blagapar*. Dans l'agencement des sons qui lui sont parvenus, il a reconnu la lettre *P* du code morse. S'emparant de la corne du *Minkan,* il produit à son tour une note longue suivie de trois brèves, équivalant à la lettre *B*.

Quelques secondes encore et le *Blagapar* met le cap droit sur le *Minkan*.

• • •

– Tous ?
– Reste sur place pour garder la conserverie si tu veux, mais envoie les autres à la baie de l'Ours. Le bateau y a pénétré plutôt que de filer vers le large comme je m'y attendais. Quant à moi, je vais amener la goélette en travers de la

baie et poster mon équipage de telle sorte qu'on ne puisse en sortir sans recevoir une volée de balles. J'oubliais : vois à ce que tes hommes soient armés. Le gars est fort comme un bœuf et bien plus fûté qu'il n'en a l'air.

Craignant que Prosper et Mirambole ne s'échappent par voie de terre, le capitaine de la *Canaille* a demandé l'aide du personnel de la conserverie souterraine. Ses instructions données, il ferme l'émetteur et monte sur le pont.

– Levez l'ancre, commande-t-il à ses hommes, et lancez le moteur.

• • •

Mirambole a suivi le sentier jusqu'à une large allée montante. Elle l'emprunte et se retrouve bientôt sur une sorte de plateau. Enfin, elle débouche dans une clairière, face à un chalet en bois rond. Un filet de lumière glisse sous l'un des stores qui masquent les fenêtres. «Je vais enfin pouvoir me sécher», se dit-elle. Elle frappe à la porte et, n'obtenant pas de réponse, l'ouvre et entre.

• • •

En vitesse, Benoît a présenté Prosper à

Pierre et les copains se sont mutuellement renseignés. En ce moment, tous s'activent, et sans traîner. Ils savent qu'on ne doit pas chômer non plus du côté de la *Canaille*.

Près de la grève, de l'eau jusqu'à la ceinture, Prosper s'affaire sur un énorme tronc charrié là par le courant et la marée. À grands coups de hachette, il y creuse une profonde rainure à un mètre de chaque extrémité.

Son travail terminé, il se tourne vers le *Minkan*.

– As-tu terminé, Pierre ?

– Oui !

Et celui-ci de sauter dans le Zodiac et d'amener jusqu'à Prosper l'extrémité de deux câbles confectionnés avec plusieurs cordes.

Benoît a fait la même chose sur le *Blagapar*. Bientôt quatre câbles seront fixés aux extrémités de l'énorme et lourde bille. Les deux câbles que Prosper noue actuellement au gros bout de la bille mesurent chacun cinquante mètres tandis que ceux que Pierre fixe à l'autre extrémité atteignent les deux cents mètres.

Revenus à bord de leurs voiliers respectifs, Benoît et Pierre fixeront les extrémités de deux câbles de longueur différente à l'arrière des bateaux et entoureront le plus court d'un chiffon. Une hachette sera déposée à proximité.

13

NAUFRAGE

MIRAMBOLE N'EN CROIT PAS SES YEUX. Un des murs du chalet est troué, et cette ouverture donne accès à un corridor d'où provient le bruit sourd de machines en marche.

Voilà une découverte bien étrange en tout lieu, et encore plus sur Anticosti.

Curieuse, notre amie s'engage dans le corridor. Elle y fait une vingtaine de pas et débouche dans une sorte d'usine. Au centre : un cubicule de verre meublé d'un bureau et d'une chaise. Sur le bureau : les deux pieds d'un homme assis sur la chaise. Derrière l'homme : une grosse boîte noire fixée au mur d'où sort une gaine métallique.

Tous les deux fort étonnés, l'homme et Mirambole se regardent un instant, puis, ne se sachant pas en territoire ennemi, cette dernière se dirige vers le bureau.

Mal lui en prend. Elle se voit vite maîtrisée et traînée tout au bout d'un corridor sinueux, jusqu'à une sorte de chenil où on la jette sur le sol à côté d'un paquet bien ficelé qui n'en frétille pas moins pour autant.

Tout autour du paquet, des chiens déambulent en silence.

Silence que brise le bruit d'un verrou qu'on pousse à fond : clac !

· · ·

La *Canaille* vient d'arriver à la hauteur de la baie de l'Ours. Elle est pour le moment immobile en travers de la baie, son moteur au ralenti se contentant de contrer l'effet du courant. Les deux mains sur la roue du gouvernail, son capitaine grogne à l'adresse de Bob :

– Tu ne m'avais pas dit qu'ils étaient deux.

– L'autre bateau n'était pas là cet après-midi. Ce doit être un plaisancier.

– Un plaisancier ? Pourquoi alors fonce-t-il sur nous en compagnie de ton *Blagapar* ? Ils naviguent presque bord à bord. Ils se connaissent sûrement.

– Foncer sur nous ! Tu exagères : ils avancent à peine. Dois-je commander le tir ?

– Imbécile ! On distingue à peine les deux bateaux. Attendons qu'ils soient plus près.

Mais pour l'heure, ce que ne peuvent voir ni le capitaine, ni Bob, ni les trois autres membres de l'équipage de la *Canaille,* c'est l'énorme bille qui, à fleur d'eau, avance dans le sillage des deux voiliers.

• • •

Dans la pénombre qui règne à l'intérieur du chenil, Mirambole a vite fait de reconnaître Thanh. À peine délivré de ses liens, celui-ci part à rire.

– Qu'est-ce qui te prend ? lui chuchote Mirambole. Chut ! on va t'entendre.

Sur le même ton, Thanh répond :

– Excuse-moi : c'est nerveux. Cela fait des heures que les chiens me chatouillent la face avec leur langue. Le bâillon m'empêchait de rire. Je rattrape le temps perdu.

Et de s'esclaffer encore, mais en sourdine cette fois.

Thanh s'étant enfin calmé, les deux amis s'entendent pour reporter la narration de leurs aventures respectives.

– Avant tout, il faut sortir d'ici, dit Mirambole. Aïe ! on me chatouille les jambes ! Ces chiens ne mordent pas, j'espère.

– Ne crains rien. S'ils le faisaient, je serais

déjà dévoré. Quant à sortir d'ici, ce ne sera pas facile, ils sont au moins une douzaine dans l'usine.

Mirambole hoche la tête et rétorque qu'il n'y en a plus qu'un.

– Où sont passés les autres? demande Thanh.

– Je l'ignore. Mais s'ils étaient douze il y a peu, peut-être le seront-ils de nouveau avant longtemps. C'est donc maintenant que le docteur Nguyen doit faire appel à ses cellules grises. As-tu une idée, Thanh ?

– Cela va venir, ma belle amie, cela va venir, mais accorde-moi encore quelques minutes.

Et le voilà qui se remet à rire.

• • •

Le *Minkan* et le *Blagapar* ont forcé l'allure. À l'heure qu'il est, on peut affirmer en toute vérité qu'ils foncent sur la goélette à la vitesse de douze nœuds*.

– Ils veulent nous éperonner ! crie Bob.

– Mais non. Ils tentent plutôt de fuir, rétorque le capitaine. Regarde : voilà qu'ils s'éloignent l'un de l'autre.

---

* Un nœud équivaut à un mille marin à l'heure.

Le capitaine a vu juste. Parvenu à environ quarante mètres de la goélette, le *Blagapar* a mis le cap sur un point situé à quarante mètres de l'arrière de celle-ci tandis que le *Minkan* en vise un autre, mais quarante mètres sur l'avant de la *Canaille*, celui-là. La goélette mesurant vingt mètres, c'est donc cent mètres qui sépareront le *Minkan* du *Blagapar* lorsqu'ils la croiseront. Le capitaine de la *Canaille* est sur le point de donner l'ordre de tirer lorsqu'il entend Bob crier :

– Quelque chose avance entre les deux bateaux ; on dirait un sous-marin.

– Quoi?

– Regarde! L'eau bouillonne par là. Ça vient vers nous.

Mais l'attention du capitaine est sollicitée ailleurs.

– Le gars brandit une hache ! s'écrie l'homme qui fait office de vigie à l'arrière de la *Canaille*.

– L'autre aussi ! hurle celui qui, à l'avant, remplit la même tâche.

C'est que nos forbans viennent de voir s'activer Pierre et Benoît. Juste au moment où leurs voiliers respectifs arrivent à la hauteur de la goélette, ceux-ci tranchent la plus courte des deux cordes attachées à l'arrière, celle qui relie chaque bateau à l'avant de la bille et qu'ils ont pris soin d'entourer d'un chiffon. Ceci pour éviter de gros dommages lors de l'impact.

Impact qui ne se fait pas attendre, car déjà la bille heurte le flanc de la goélette et défonce sa coque avec l'énergie d'une masse de plus de deux tonnes.

Sur le pont, le choc a été terrible.

– Nous allons couler ! s'écrie Bob.

Le capitaine est descendu évaluer les dommages. « Tout n'est pas perdu, se dit-il. Il est vrai que la bille a pratiqué une ouverture de soixante centimètres, mais, ce trou, elle le bouche. Seul un mince filet d'eau pénètre dans la cale. Si on scie la bille au ras de la coque autant à l'intérieur qu'à l'extérieur et si on colmate bien, la *Canaille* pourra tenir la mer jusqu'à la fin du contrat. Mais il n'y a pas une minute à perdre. »

Mais voilà que du pont on lui crie :

– Ils reviennent !

Aussi remonte-t-il en vitesse.

Pierre et Prosper viennent d'engager les embarcations dans un long virage qui les ramènera au point d'où ils s'étaient séparés lors de la manœuvre d'approche.

• • •

Un verrou bloque la porte d'un certain chenil d'une conserverie clandestine creusée dans le sous-sol d'Anticosti.

Pour l'heure, ce verrou intéresse tellement le docteur Nguyen qu'il en oublie de rire.

– Regarde, dit-il à Mirambole : les têtes des boulons se trouvent de ce côté-ci. Tu as toujours ton canif ?

Mirambole, qui ne se sépare jamais de son couteau suisse, a vite fait de le retrouver au fond d'une poche. Elle le tend à son copain.

– Parfait. Nous allons dévisser l'un des boulons.

• • •

L'équipage de la *Canaille* regarde les deux bateaux s'éloigner dans la nuit en direction du rivage de la baie de l'Ours. Ils avancent de nouveau côte à côte et ont beaucoup réduit leur allure. Cette manœuvre leur paraît si étrange et suicidaire que les hommes de la goélette en oublient de tirer.

– Je n'y comprends rien, dit le capitaine. Ou ils sont devenus fous, ou...

Mais il interrompt là sa phrase, car un nouveau choc vient d'ébranler la *Canaille,* beaucoup moins violent que le premier, cependant.

– Ils retirent la bille, s'écrie Bob.

Bob a dit vrai.

Inutiles jusque-là puisque non tendus, les deux très longs câbles reliant les poupes du *Minkan* et du *Blagapar* à l'arrière de la bille justifient enfin leur présence en exerçant sur celle-ci une traction qui l'arrache de la coque de la *Canaille* comme une dent d'une gencive.

– Nous sombrons ! hurle Bob.

En effet, ils sombrent. Et si vite que chacun a tout juste le temps de s'emparer d'un gilet de sauvetage. Quelques minutes encore... et n'apparaissent plus sur la scène du drame qu'un grand remous et cinq petits points orange gesticulant sous la voûte étoilée.

• • •

Thanh a inséré le dos de la grande lame du canif dans la rainure de la tête d'un des boulons. Il tente de le dévisser tandis que Mirambole, à l'aide d'un os trouvé par terre, pèse sur la lame de tous ses cinquante kilos.

Et ça marche! Quelques tours encore, et Mirambole peut se retirer. C'est même d'une seule main que Thanh achèvera l'opération.

14 BOUM!

THANH SAUTE À LA MANIÈRE d'un karatéka et assène un violent coup de pied à l'emplacement du verrou qui cède tout de suite. Une meute déchaînée en profite pour se précipiter hors du chenil, Thanh et Mirambole à sa suite, celui-là plongeant bientôt dans les jambes du gardien qui en tombe à plat ventre, celle-ci lui appliquant sur la pomme d'Adam la corde qui lui ceinturait la taille et tirant en arrière.

– Gurlp! fait l'homme.

Un pied sur ses reins, Thanh lui saisit un bras et le lui tord, lui démettant presque l'épaule.

– Veuillez excuser nos manières, monsieur, elles sont dues aux circonstances. Nous sommes habituellement plus délicats. N'est-ce pas, Mirambole?

– Et comment! Dois-je continuer à tirer, Thanh?

– Non. Ma prise est maintenant bien assurée. La corde servira à lui lier les poignets. Auriez-vous l'obligeance de placer votre autre main derrière votre dos, monsieur? C'est bien. Merci.

– Filons, dit Mirambole, une fois l'homme ligoté.

Mais pas question pour Thanh de quitter les lieux avant d'avoir satisfait sa curiosité. Aussi n'a-t-il pas lâché sa prise.

– Qu'y a-t-il dans la boîte noire? demande-t-il.

– Un mécanisme.

– Pourquoi un mécanisme?

– ... Aïe!

– Pourquoi un mécanisme?

– Pour déclencher une explosion.

– Une explosion! Pourquoi une explosion?

– Pour faire sauter l'usine à la fin des opérations.

– Il y a sûrement une minuterie. Quel est le délai?

– Trois minutes.

– Y a-t-il quelqu'un d'autre à l'intérieur?

– Je suis seul.

– Les chiens sont tous sortis, ajoute Mirambole.

Quelques torsions encore et l'homme avouera que la clef est cachée sous un pied du bureau. Mirambole la trouve et ouvre la boîte noire.

– Il y a une manette, Thanh. Tu me diras quand l'enclencher.

– Et moi? demande le gardien.

– Nous ne vous avons pas attaché les jambes, monsieur. Si j'étais à votre place, je m'en servirais. Actionne, Mirambole!

Et, en compagnie de celle-ci, de se précipiter dehors à la suite de l'autre et de maintenir trois minutes durant une allure de sprint jusqu'à ce que...

• • •

À bord du *Blagapar,* les copains sont revenus sur les lieux du crime. À l'aide d'un gueulard trouvé dans la cabine, Prosper s'adresse aux naufragés :

– Surtout, ne paniquez pas. Nous vous sauverons. Je répète : nous vous sauverons.

Et d'en cueillir un qu'on ligote au mât sur-le-champ.

– Est-ce que ça va être bientôt mon tour? demande Bob. J'ai froid.

– Tu ne voudrais tout de même pas que je m'occupe de toi avant ton capitaine, répond Prosper. Patiente encore un peu. Montez, capitaine. Votre visite nous honore. Et mille regrets pour votre goélette. Mais n'a-t-elle pas péri dans un décor grandiose?

Bientôt, il ne reste plus personne à l'eau. Le moment est donc venu pour Prosper de procéder à l'interrogatoire. L'air mauvais, il s'approche du capitaine.

– Où est la jeune fille?

L'autre ouvre la bouche, mais c'est plutôt la voix de Benoît qui perce la nuit.

– Il y a des gens sur le rivage! Ils sont armés.

«Sûrement des amis de nos forbans», se dit Prosper. Il approche le gueulard de la bouche du capitaine.

– Dites-leur de partir!

Encore une fois, l'autre se verra empêché de parler. À peine ses lèvres frémissent-elles qu'une épouvantable déflagration secoue Anticosti.

• • •

Les derniers débris retombés, Thanh a guidé sa copine le long d'une des allées qui descendent vers le ruisseau Beacon. Ils s'apprêtent à le traverser.

– On vient vers nous, chuchote Mirambole. J'entends marcher par là.

Vite, ils se glissent dans les fourrés afin de laisser libre passage à une douzaine d'énergumènes armés et énervés qui se hâtent vers l'emplacement de l'ex-chalet.

Thanh a noté l'endroit où les hommes ont traversé le ruisseau. Suivant le chemin en sens inverse, il trouve sur l'autre rive ce qu'il avait espéré : un sentier que nos amis suivront jusqu'à la baie de l'Ours.

Une fois sur le rivage, Thanh et Mirambole constateront le retour du *Blagapar* et la présence d'un autre voilier qui n'est pas la *Canaille,* bien que ce soit le Zodiac de celle-ci qui se dirige actuellement vers la terre avec huit personnes à son bord.

– Je n'y comprends rien, chuchote Mirambole à l'oreille de Thanh alors que, tapis derrière un buisson, nos amis assistent au débarquement des individus dont cinq ont les mains ligotées derrière le dos et les pieds liés.

– J'aperçois Prosper ! s'écrie Thanh en guise de réplique. Il n'est pas attaché.

Et, Mirambole à sa suite, de se précipiter vers la grève.

• • •

Les cinq prisonniers sont maintenant assis sur les cailloux de la plage. Ils grelottent.

– Nous vous laissons le Zodiac, tonitrue Prosper. N'oubliez pas de délivrer vos deux copains. Vous les trouverez derrière un buisson de la baie de la Tour, à l'endroit où vous déposiez les caisses.

– Je vous offre mon canif suisse, hurle Mirambole en le leur lançant. Le premier qui réussira à se détacher pourra ainsi facilement libérer les autres.

• • •

– La nuit dernière, il s'est produit un tremblement de terre sur Anticosti, dit le pilote de l'hélico. Mon beau-frère est sismologue amateur. Il l'a enregistré.

– Quoi? demande le directeur des Aliments Carnés inc. Le bruit du moteur l'a empêché de comprendre les propos du pilote.

L'autre répète et précise que l'épicentre se situe près de la baie de l'Ours, plus précisément à cinq kilomètres de celle-ci.

– Mais j'y pense maintenant, c'est bien dans ce coin que nous allons, n'est-ce pas?

– Hélas oui! répond le directeur.

Vingt minutes plus tard, l'hélico survolera une quarantaine de grands chiens rouges formant cercle autour de quelque deux cents chevreuils massés près d'un profond cratère. Personne en vue cependant, les douze forbans ayant disparu dans la nature une fois les dégâts constatés.

– Voulez-vous que je me pose? demande le pilote.

– Il vaut mieux nous en retourner, répond le directeur qui se demande s'il lui restera assez d'argent pour le payer.

• • •

À peu près au même moment, le *Minkan* et le *Blagapar* entrent dans le port de Havre-Saint-Pierre.

ÉPILOGUE

LES COPAINS SONT RÉUNIS dans le loft. Ils se remémorent leurs aventures. Soudain, on frappe à la porte. Benoît va ouvrir. Ernest Piuze entre en grande tenue de pêcheur.

– Bonjour. Me voilà de retour. J'ai attrapé autant de saumons que la loi le permet. Et vous ? À votre capitaine de me faire rapport.

Mirambole se lève, se met au garde-à-vous et salue.

– Croisière sans histoire, monsieur, et bâtiment toujours en excellent état. Je vous remets le commandement du *Blagapar*.

– Il était entre bonnes mains, rétorque Ernest Piuze.

Pierre et les copains ayant décidé de ne faire part à personne de leur aventure, il ne faut pas s'étonner de certaines fables dont on alimente les touristes en Minganie et à Anticosti.

Comme celle de la goélette qu'un U-boat aurait coulée dans la baie de l'Ours au cours de la Deuxième Guerre mondiale.

Ou cette autre, encore plus incroyable, qui affirme que le chocolatier français Henri Menier aurait établi une conserverie sur Anticosti du temps où l'île lui appartenait. Un tremblement de terre aurait détruit l'installation actuellement ensevelie sous des tonnes de roche.

Certains même prétendent qu'un loup rouge de grande taille hanterait l'île. « Les soirs de pleine lune, il enlève des enfants », m'a dit un dénommé Gamache qui longtemps y a habité.

N'en croyez rien.

Des histoires ! je vous dis. Des histoires inventées.

TABLE

L'AUTEUR

Gérald Gagnon est né en 1933, le jour de la Saint-Jean-Baptiste. Il a deux filles, un fils et deux petites-filles. Il a été tour à tour manœuvre, ferblantier, magasinier, acheteur, secrétaire de rédaction et spécialiste en ressources humaines. Il est adepte de scoutisme, et ses sports préférés sont le ski et l'escalade. Sa plus grand aventure : le tour de l'Amérique du Nord en auto-stop. Il a publié son premier livre à 56 ans et, comme tous les vieux, il se prétend toujours alerte et vigoureux.

L'ILLUSTRATEUR

Gérard est né à Paris où il a fait ses études avant de venir s'installer au Canada.

Il a d'abord bourlingué dans les provinces maritimes, puis a jeté l'ancre à Montréal. Depuis, dès que Éole le permet, il largue les amarres et vogue sur le fleuve, en direction de l'estuaire.

MISE EN PAGES ET TYPOGRAPHIE:
LES ÉDITIONS DU BORÉAL

ACHEVÉ D'IMPRIMER EN OCTOBRE 199
SUR LES PRESSE
DE L'IMPRIMERIE L'ÉCLAIREUR À B